文字禍

中島敦＋しきみ

初出：「文学界」1942年2月

中島敦

明治42年（1909年）東京生まれ。東京帝国大学卒業後、教員生活を経てパラオ南洋庁への勤務をしながら執筆活動を行う。喘息のため33歳で病没。代表作に、『光と風と夢』『李陵』などがある。「乙女の本棚」シリーズでは本作のほかに、『山月記』（中島敦＋ねこ助）がある。

しきみ

イラストレーター。東京都在住。『刀剣乱舞』など、有名オンラインゲームのキャラクターデザインのほか、多くの書籍の装画やファッションブランドとのコラボレーションを手がけている。著書に『恋愛論』『夜叉ヶ池』、『悪魔』、『詩集『青猫』より』、『魔術師』、『桜の森の満開の下』、『夢十夜』、『押絵と旅する男』、『猫町』、『夜話Forgotten Fables』、『獏の国』がある。

文字の霊《れい》などというものが、一体、あるものか、どうか。

アッシリヤ人は無数の精霊を知っている。夜、闇《やみ》の中を跳梁《ちょうりょう》するリル、その雌《めす》のリリツ、疫病《えきびょう》をふり撒《ま》くナムタル、死者の霊エティンム、誘拐者《ゆうかいしゃ》ラバス等《など》、数知れぬ悪霊《あくりょう》共がアッシリヤの空に充《み》ち満ちている。しかし、文字の精霊については、まだ誰《だれ》も聞いたことがない。

その頃《ころ》——というのは、アシュル・バニ・アパル大王の治世第二十年目の頃だが——ニネヴェの宮廷《きゅうてい》に妙《みょう》な噂《うわさ》があった。毎夜、図書館の闇の中で、ひそひそと怪《あや》しい話し声がするという。王兄シャマシュ・シュム・ウキンの謀叛《むほん》がバビロンの落城でようやく鎮《しず》まったばかりのこととて、何かまた、不逞《ふてい》の徒の陰謀《いんぼう》ではないかと探ってみたが、それらしい様子もない。どうしても何かの精霊どもの話し声に違《ちが》いない。最近に王の前で処刑《しょけい》されたバビロンからの俘囚《ふしゅう》共の死霊の声だろうという者もあったが、それが本当でないことは誰にも判《わか》る。千に余るバビロンの俘囚はことごとく舌を抜《ぬ》いて殺され、その舌を集めたところ、小さな築山《つきやま》が出来たのは、誰知らぬ者のない事実である。舌の無い死霊に、しゃべれる訳がない。星占《ほしうらない》や羊肝卜《ようかんぼく》で空《むな》しく探索《たんさく》した後、これはどうしても書物共あるいは文字共の話し声と考えるより外はなくなった。ただ、文字の霊（というものが在るとして）とはいかなる性質をもつものか、それが皆目《かいもく》判らない。アシュル・バニ・アパル大王は巨眼縮髪《きょがんしゅくはつ》の老博士ナブ・アヘ・エリバを召《め》して、この未知の精霊についての研究を命じたもうた。

その日以来、ナブ・アヘ・エリバ博士は、日ごと問題の図書館（それは、その後二百年にして地下に埋没《まいぼつ》し、更《さら》に二千三百年にして偶然《ぐうぜん》発掘《はつくつ》される運命をもつものであるが）に通って万巻の書に目をさらしつつ研鑽《けんさん》に耽《ふけ》った。両河地方《メソポタミヤ》では埃及《エジプト》と違って紙草《パピルス》を産しない。人々は、粘土《ねんど》の板に硬筆《こうひつ》をもって複雑な楔形《くさびがた》の符号《ふごう》を彫《ほ》りつけておった。書物は瓦《かわら》であり、図書館は瀬戸物屋《せとものや》の倉庫に似ていた。老博士の卓子《テーブル》（その脚《あし》には、本物の獅子《しし》の足が、爪《つめ》さえそのままに使われている）の上には、毎日、累々《るいるい》たる瓦の山がうずたかく積まれた。それら重量ある古知識の中から、彼《かれ》は、文字の霊についての説を見出《みいだ》そうとしたが、無駄《むだ》であった。文字はボルシッパなるナブウの神の司《つかさど》りたもう所とより外《ほか》には何事も記されていないのである。文字に霊ありや無しやを、彼は自力で解決せねばならぬ。博士は書物を離《はな》れ、ただ一つの文字を前に、終日それと睨《にら》めっこをして過した。卜者《ぼくしゃ》は羊の肝臓《かんぞう》を凝視《ぎょうし》することによってすべての事象を直観する。彼もこれに倣《なら》って凝視と静観とによって真実を見出そうとしたのである。

その中《うち》に、おかしな事が起った。一つの文字を長く見詰《みつ》めている中に、いつしかその文字が解体して、意味の無い一つ一つの線の交錯《こうさく》としか見えなくなって来る。単なる線の集りが、なぜ、そういう音とそういう意味とを有《も》つことが出来るのか、どうしても解《わか》らなくなって来る。老儒《ろうじゅ》ナブ・アヘ・エリバは、生れて初めてこの不思議な事実を発見して、驚《おどろ》いた。今まで七十年の間当然と思って看過していたことが、決して当然でも必然でもない。彼は眼《め》から鱗《こけら》の落ちた思がした。単なるバラバラの線に、一定の音と一定の意味とを有たせるものは、何か？　ここまで思い到《いた》った時、老博士は躊躇《ちゅうちょ》なく、文字の霊の存在を認めた。魂《たましい》によって統べられない手・脚・頭・爪・腹等が、人間ではないように、一つの霊がこれを統べるのでなくて、どうして単なる線の集合が、音と意味とを有つことが出来ようか。

この発見を手初めに、今まで知られなかった文字の霊の性質が次第に少しずつ判って来た。文字の精霊の数は、地上の事物の数ほど多い、文字の精は野鼠《のねずみ》のように仔《こ》を産んで殖《ふ》える。

ナブ・アヘ・エリバはニネヴェの街中を歩き廻《まわ》って、最近に文字を覚えた人々をつかまえては、根気よく一々尋《たず》ねた。文字を知る以前に比べて、何か変ったようなところはないかと。これによって文字の霊の人間に対する作用《はたらき》を明らかにしようというのである。さて、こうして、おかしな統計が出来上った。それによれば、文字を覚えてから急に蝨《しらみ》を捕《と》るのが下手《へた》になった者、眼に埃《ほこり》が余計はいるようになった者、今まで良く見えた空の鷲《わし》の姿が見えなくなった者、空の色が以前ほど碧《あお》くなくなったという者などが、圧倒的《あっとうてき》に多い。

「文字ノ精ガ人間ノ眼ヲ喰《く》イアラスコト、猶《なお》、蛆虫《うじむし》ガ胡桃《くるみ》ノ固キ殻《から》ヲ穿《うが》チテ、中ノ実ヲ巧《たくみ》ニ喰イツクスガ如《ごと》シ」と、ナブ・アヘ・エリバは、新しい粘土の備忘録に誌《しる》した。文字を覚えて以来、咳《せき》が出始めたという者、くしゃみが出るようになって困るという者、しゃっくりが度々出るようになった者、下痢《げり》するようになった者なども、かなりの数に上る。「文字ノ精ハ人間ノ鼻・咽喉《のど》・腹等ヲモ犯スモノノ如シ」と、老博士はまた誌した。文字を覚えてから、にわかに頭髪の薄《うす》くなった者もいる。脚の弱くなった者、手足の顫《ふる》えるようになった者、顎《あご》がはずれ易《やす》くなった者もいる。しかし、ナブ・アヘ・エリバは最後にこう書かねばならなかった。

「文字ノ害タル、人間ノ頭脳ヲ犯シ、精神ヲ痲痺《まひ》セシムルニ至ッテ、スナワチ極マル。」文字を覚える以前に比べて、職人は腕《うで》が鈍《にぶ》り、戦士は臆病《おくびょう》になり、猟師《りょうし》は獅子を射損うことが多くなった。これは統計の明らかに示す所である。文字に親しむようになってから、女を抱《だ》いても一向楽しゅうなくなったという訴《うった》えもあった。もっとも、こう言出したのは、七十歳《さい》を越《こ》した老人であるから、これは文字のせいではないかも知れぬ。ナブ・アヘ・エリバはこう考えた。埃及人は、ある物の影《かげ》を、その物の魂の一部と見做《みな》しているようだが、文字は、その影のようなものではないのか。

獅子という字は、本物の獅子の影ではないのか。それで、獅子という字を覚えた猟師は、本物の獅子の代りに獅子の影を狙《ねら》い、女という字を覚えた男は、本物の女の代りに女の影を抱くようになるのではないか。文字の無かった昔《むかし》、ピル・ナピシュチムの洪水《こうずい》以前には、歓《よろこ》びも智慧《ちえ》もみんな直接に人間の中にはいって来た。今は、文字の薄被《ヴェイル》をかぶった歓びの影と智慧の影としか、我々は知らない。近頃人々は物憶《ものおぼ》えが悪くなった。これも文字の精の悪戯《いたずら》である。人々は、もはや、書きとめておかなければ、何一つ憶えることが出来ない。着物を着るようになって、人間の皮膚《ひふ》が弱く醜くなった。乗物が発明されて、人間の脚が弱く醜くなった。文字が普及《ふきゅう》して、人々の頭は、もはや、働かなくなったのである。

ナブ・アヘ・エリバは、ある書物狂《きょう》の老人を知っている。その老人は、博学なナブ・アヘ・エリバよりも更に博学である。彼は、スメリヤ語やアラメヤ語ばかりでなく、紙草《パピルス》や羊皮紙に誌された埃及文字まですらすらと読む。およそ文字になった古代のことで、彼の知らぬことはない。彼はツクルチ・ニニブ一世王の治世第何年目の何月何日の天候まで知っている。しかし、今日《きょう》の天気は晴か曇《くもり》か気が付かない。彼は、少女サビツがギルガメシュを慰《なぐさ》めた言葉をも諳《そら》んじている。しかし、息子《むすこ》をなくした隣人《りんじん》を何と言って慰めてよいか、知らない。彼は、アダッド・ニラリ王の后《きさき》、サンムラマットがどんな衣装《いしょう》を好んだかも知っている。しかし、彼自身が今どんな衣服を着ているか、まるで気が付いていない。何と彼は文字と書物とを愛したであろう！

読み、諳んじ、愛撫《あいぶ》するだけではあきたらず、それを愛するの余りに、彼は、ギルガメシュ伝説の最古版の粘土板を噛砕《かみくだ》き、水に溶《と》かして飲んでしまったことがある。文字の精は彼の眼を容赦《ようしゃ》なく喰い荒《あら》し、彼は、ひどい近眼である。余り眼を近づけて書物ばかり読んでいるので、彼の鷲形の鼻の先は、粘土板と擦《す》れ合って固い胼胝《たこ》が出来ている。文字の精は、また、彼の脊《せ》骨《ほね》をも蝕《むしば》み、彼は、臍《へそ》に顎のくっつきそうな傴僂《せむし》である。しかし、彼は、恐《おそ》らく自分が傴僂であることを知らないであろう。傴僂という字なら、彼は、五つの異った国の字で書くことが出来るのだが。

ナブ・アヘ・エリバ博士は、この男を、文字の精霊の犠牲者《ぎせいしゃ》の第一に数えた。ただ、こうした外観の惨《みじ》めさにもかかわらず、この老人は、実に――全く羨《うらや》ましいほど――いつも幸福そうに見える。これが不審《ふしん》といえば、不審だったが、ナブ・アヘ・エリバは、それも文字の霊の媚薬《びやく》のごとき奸猾《かんかつ》な魔力《まりょく》のせいと見做した。

たまたまアシュル・バニ・アパル大王が病に罹《かか》られた。侍医《じい》のアラッド・ナナは、この病軽からずと見て、大王のご衣裳を借り、自らこれをまとうて、アッシリヤ王に扮《ふん》した。これによって、死神エレシュキガルの眼を欺《あざむ》き、病を大王から己《おのれ》の身に転じようというのである。この古来の医家の常法に対して、青年の一部には、不信の眼を向ける者がある。これは明らかに不合理だ、エレシュキガル神ともあろうものが、あんな子供瞞《だま》しの計に欺かれるはずがあるか、と、彼等《ら》は言う。碩学《せきがく》ナブ・アヘ・エリバはこれを聞いて厭《いや》な顔をした。青年等のごとく、何事にも辻褄《つじつま》を合せたがることの中には、何かしらおかしな所がある。全身垢《あか》まみれの男が、一ヶ所だけ、例えば足の爪先だけ、無闇に美しく飾《かざ》っているような、そういうおかしな所が。彼等は、神秘の雲の中における人間の地位をわきまえぬのじゃ。老博士は浅薄《せんぱく》な合理主義を一種の病と考えた。そして、その病をはやらせたものは、疑もなく、文字の精霊である。

ある日若い歴史家（あるいは宮廷の記録係）のイシュディ・ナブが訪ねて来て老博士に言った。歴史とは何ぞや？　と。老博士が呆《あき》れた顔をしているのを見て、若い歴史家は説明を加えた。先頃のバビロン王シャマシュ・シュム・ウキンの最期《さいご》について色々な説がある。自ら火に投じたことだけは確かだが、最後の一月《ひとつき》ほどの間、絶望の余り、言語に絶した淫蕩《いんとう》の生活を送ったというものもあれば、毎日ひたすら潔斎《けっさい》してシャマシュ神に祈《いの》り続けたというものもある。第一の妃《ひ》ただ一人と共に火に入ったという説もあれば、数百の婢妾《ひしょう》を薪《まき》の火に投じてから自分も火に入ったという説もある。何しろ文字通り煙《けむり》になったこととて、どれが正しいのか一向見当がつかない。近々、大王はそれらの中の一つを選んで、自分にそれを記録するよう命じたもうであろう。これはほんの一例だが、歴史とはこれでいいのであろうか。

賢明《けんめい》な老博士が賢明な沈黙《ちんもく》を守っているのを見て、若い歴史家は、次のような形に問を変えた。歴史とは、昔、在った事柄《ことがら》をいうのであろうか? それとも、粘土板の文字をいうのであろうか?

獅子狩《がり》と、獅子狩の浮彫《うきぼり》とを混同しているような所がこの問の中にある。博士はそれを感じたが、はっきり口で言えないので、次のように答えた。歴史とは、昔在った事柄で、かつ粘土板に誌《しる》されたものである。この二つは同じことではないか。

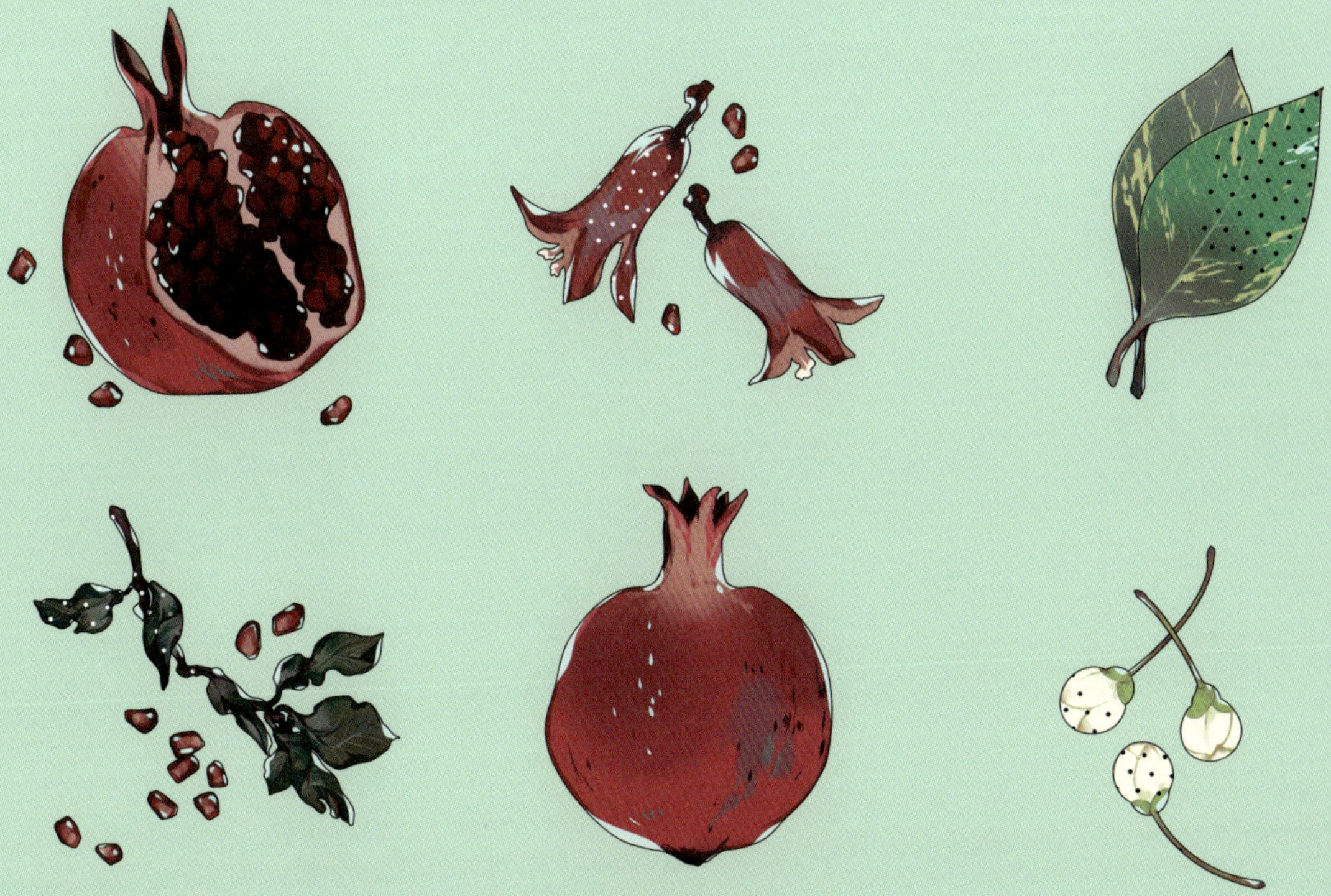

書洩《かきも》らしは？　と歴史家が聞く。

書洩らし？　冗談《じょうだん》ではない、書かれなかった事は、無かった事じゃ。芽の出ぬ種子《たね》は、結局初めから無かったのじゃわい。歴史とはな、この粘土板のことじゃ。

若い歴史家は情なさそうな顔をして、指し示された瓦を見た。

それはこの国最大の歴史家ナブ・シャリム・シュヌ誌す所のサルゴン王ハルディア征討行《せいとうこう》の一枚である。話しながら博士の吐き棄《はす》てた柘榴《ざくろ》の種子がその表面に汚《きたな》らしくくっついている。

ボルシッパなる明智の神ナブウの召使《めしつか》いたもう文字の精霊共の恐《おそろ》しい力を、イシュディ・ナブよ、君はまだ知らぬとみえるな。文字の精共が、一度ある事柄を捉《とら》えて、これを己の姿で現すとなると、その事柄はもはや、不滅《ふめつ》の生命を得るのじゃ。反対に、文字の精の力ある手に触《ふ》れなかったものは、いかなるものも、その存在を失わねばならぬ。太古以来のアヌ・エンリルの書に書上げられていない星は、なにゆえに存在せぬか？　それは、彼等がアヌ・エンリルの書に文字として載《の》せられなかったからじゃ。大マルズック星（木星）が天界の牧羊者（オリオン）の境を犯せば神々の怒《いかり》が降《くだ》るのも、月輪の上部に蝕《しょく》が現れればフモオル人が禍を蒙《こうむ》るのも、皆《みな》、古書に文字として誌されてあればこそじゃ。古代スメリヤ人が馬という獣《けもの》を知らなんだのも、彼等の間に馬という字が無かったからじゃ。この文字の精霊の力ほど恐ろしいものは無い。

君やわしらが、文字を使って書きものをしとるなどと思ったら大間違い。わしらこそ彼等文字の精霊にこき使われる下僕《しもべ》じゃ。しかし、また、彼等精霊の齎《もたら》す害も随分《ずいぶん》ひどい。わしは今それについて研究中だが、君が今、歴史を誌した文字に疑を感じるようになったのも、つまりは、君が文字に親しみ過ぎて、その霊の毒気《どっき》に中《あた》ったためであろう。

若い歴史家は妙な顔をして帰って行った。老博士はなおしばらく、文字の霊の害毒があの有為《ゆうい》な青年をも害《そこな》おうとしていることを悲しんだ。文字に親しみ過ぎてかえって文字に疑を抱くことは、決して矛盾《むじゅん》ではない。先日博士は生来の健啖《けんたん》に任せて羊の炙肉《あぶりにく》をほとんど一頭分も平らげたが、その後当分、生きた羊の顔を見るのも厭になったことがある。

青年歴史家が帰ってからしばらくして、ふと、ナブ・アヘ・エリバは、薄くなった縮《ちぢ》れっ毛の頭を抑《おさ》えて考え込《こ》んだ。今日は、どうやら、わしは、あの青年に向って、文字の霊の威力《いりょく》を讃《さん》美《び》しはせなんだか？　いまいましいことだ、と彼は舌打をした。わしまでが文字の霊にたぶらかされておるわ。

実際、もう大分前から、文字の霊がある恐しい病を老博士の上に齎していたのである。それは彼が文字の霊の存在を確かめるために、一つの字を幾日もじっと睨み暮《くら》した時以来のことである。その時、今まで一定の意味と音とを有《も》っていたはずの字が、忽然《こつぜん》と分解して、単なる直線どもの集りになってしまったことは前に言った通りだが、それ以来、それと同じような現象が、文字以外のあらゆるものについても起るようになった。彼が一軒《けん》の家をじっと見ている中に、その家は、彼の眼と頭の中で、木材と石と煉瓦《れんが》と漆喰《しっくい》との意味もない集合に化けてしまう。これがどうして人間の住む所でなければならぬか、判らなくなる。

人間の身体《からだ》を見ても、その通り。みんな意味の無い奇怪《きかい》な形をした部分部分に分析《ぶんせき》されてしまう。どうして、こんな恰好《かっこう》をしたものが、人間として通っているのか、まるで理解できなくなる。眼に見えるものばかりではない。人間の日常の営み、すべての習慣が、同じ奇体な分析病のために、全然今までの意味を失ってしまった。もはや、人間生活のすべての根柢《こんてい》が疑わしいものに見える。ナブ・アヘ・エリバ博士は気が違いそうになって来た。文字の霊の研究をこれ以上続けては、しまいにその霊のために生命をとられてしまうぞと思った。彼は怖《こわ》くなって、早々に研究報告を纏《まと》め上げ、これをアシュル・バニ・アパル大王に献《けん》じた。但《ただ》し、中に、若干の政治的意見を加えたことはもちろんである。武の国アッシリヤは、今や、見えざる文字の精霊のために、全く蝕まれてしまった。しかも、これに気付いている者はほとんど無い。今にして文字への盲目的崇拝《もうもくてきすうはい》を改めずんば、後に臍《ほぞ》を噬《か》むとも及《およ》ばぬであろう云々《うんぬん》。

文字の霊が、この讒謗者《ざんぼうしゃ》をただで置く訳が無い。ナブ・アヘ・エリバの報告は、いたく大王のご機嫌《きげん》を損じた。ナブウ神の熱烈《ねつれつ》な讃仰者《さんぎょうしゃ》で当時第一流の文化人たる大王にしてみれば、これは当然のことである。老博士は即日謹慎《そくじつきんしん》を命ぜられた。大王の幼時からの師傅《しふ》たるナブ・アヘ・エリバでなかったら、恐らく、生きながらの皮剥《かわはぎ》に処せられたであろう。思わぬご不興に愕然《がくぜん》とした博士は、直ちに、これが奸譎《かんけつ》な文字の霊の復讐《ふくしゅう》であることを悟《さと》った。

しかし、まだこれだけではなかった。数日後ニネヴェ・アルベラの地方を襲《おそ》った大地震《おおじしん》の時、博士は、たまたま自家の書庫の中にいた。彼の家は古かったので、壁《かべ》が崩《くず》れ書架《しょか》が倒《たお》れた。夥《おびただ》しい書籍が——数百枚の重い粘土板が、文字共の凄《すさ》まじい呪《のろい》の声と共にこの讒謗者の上に落ちかかり、彼は無慙《むざん》にも圧死した。

※本書には、現在の観点から見ると差別用語と取られかねない表現が含まれていますが、原文の歴史性を考慮してそのままとしました。

乙女の本棚シリーズ

『女生徒』
太宰治＋今井キラ

『檸檬』
梶井基次郎＋げみ

『蜜柑』
芥川龍之介＋げみ

『猫町』
萩原朔太郎＋しきみ

『押絵と旅する男』
江戸川乱歩＋しきみ

『夢十夜』
夏目漱石＋しきみ

『葉桜と魔笛』
太宰治＋紗久楽さわ

『瓶詰地獄』
夢野久作＋ホノジロトヲジ

『外科室』
泉鏡花＋ホノジロトヲジ

『赤とんぼ』
新美南吉＋ねこ助

『桜の森の満開の下』
坂口安吾＋しきみ

『秘密』
谷崎潤一郎＋マツオヒロミ

『月夜とめがね』
小川未明＋げみ

『死後の恋』
夢野久作＋ホノジロトヲジ

『魔術師』
谷崎潤一郎＋しきみ

『夜長姫と耳男』
坂口安吾＋夜汽車

『山月記』
中島敦＋ねこ助

『人間椅子』
江戸川乱歩＋ホノジロトヲジ

『春は馬車に乗って』
横光利一 + いとうあつき

『詩集『抒情小曲集』より』
室生犀星 + げみ

『春の心臓』
イェイツ（芥川龍之介訳）+
ホノジロトヲジ

『魚服記』
太宰治 + ねこ助

『Kの昇天』
梶井基次郎 + しらこ

『鼠』
堀辰雄 + ねこ助

『刺青』
谷崎潤一郎 + 夜汽車

『詩集『青猫』より』
萩原朔太郎 + しきみ

『詩集『山羊の歌』より』
中原中也 + まくらくらま

『人でなしの恋』
江戸川乱歩＋夜汽車

『高瀬舟』
森鷗外＋げみ

『木精』
森鷗外＋いとうあつき

『夜叉ヶ池』
泉鏡花＋しきみ

『ルルとミミ』
夢野久作＋ねこ助

『黒猫』
ポー（斎藤寿葉訳）＋まくらくらま

『待つ』
太宰治＋今井キラ

『駈込み訴え』
太宰治＋ホノジロトヲジ

『恋愛論』
坂口安吾＋しきみ

『二人の稚児』
谷崎潤一郎＋夜汽車

『藪の中』
芥川龍之介＋おく

『文字禍』
中島敦＋しきみ

『猿ヶ島』
太宰治＋すり餌

『悪霊物語』
江戸川乱歩＋粟木こぼね

『悪魔　乙女の本棚作品集』
しきみ

『人魚の嘆き』
谷崎潤一郎＋ねこ助

『目羅博士の不思議な犯罪』
江戸川乱歩＋まくらくらま

『縊死体　乙女の本棚作品集』
ホノジロトヲジ

文字禍

2024年 12月13日　第1版1刷発行

著者　中島 敦
絵　しきみ

発行人　松本 大輔
編集人　橋本 修一
デザイン　根本 綾子(Karon)
協力　神田 岬
担当編集　切刀 匠

発行：立東舎
発売：株式会社リットーミュージック
〒101-0051 東京都千代田区神田神保町一丁目105番地

印刷・製本：株式会社広済堂ネクスト

【本書の内容に関するお問い合わせ先】
info@rittor-music.co.jp
本書の内容に関するご質問は、Eメールのみでお受けしております。
お送りいただくメールの件名に「文字禍」と記載してお送りください。
ご質問の内容によりましては、しばらく時間をいただくことがございます。
なお、電話やFAX、郵便でのご質問、本書記載内容の範囲を超えるご質問につきましてはお答えできませんので、
あらかじめご了承ください。

【乱丁・落丁などのお問い合わせ】
service@rittor-music.co.jp

Printed in Japan　ISBN978-4-8456-4156-7
定価はカバーに表示しております。